KB148831

YOU & A BIKE & A ROAD

ELEANOR DAVIS

엘리너 데이비스 Eleanor Davis

만화가 겸 일러스트레이터. 예술을 탐구하는 엉뚱한 방랑자.
2009년 한 해 가장 뛰어난 신인 만화가에게 주는 러스매닝상을 수상했고
2013년 《인 아워 에덴 In Our Eden》으로 미국 일러스트레이터 협회
금상을 받았다. 2018년 《와이 아트?》로
이그나츠 어워드 그래픽 노블상을 수상했다.

그리고 한때 '자전거 수리하는 여자들의 밤' 회원이었다.

트위터 @squinkyelo
인스타그램 @squinkyelo

심을이

고려대학교에서 불어불문학을, 이화여자대학교 통번역대학원에서
한영번역을 공부하고 현재 번역가로 일하고 있다.
《숨을 참던 나날》을 옮겼다.

오늘도 아무 생각 없이 페달을 밟습니다

: 58일간의 좌충우돌 자전거 미국 횡단기

엘리너 데이비스 글·그림
임슬애 옮김

일러두기

저자의 요청으로 모든 글은 원서와 동일하게 손 글씨로 썼습니다.
손 글씨가 아닌 각주는 모두 옮긴이 주입니다.

3·16
DAY 1 3월 16일 ~~금요일~~ 수요일
투손에서 벤슨까지 - 87킬로미터
8시에 작별인사
32킬로미터 달린 뒤 점심. 아직 투손을 벗어난 것 같지도 않다
월그린
드러그스토어
어젯밤, 경로 짜던 중:
마스테이션 로드는 10번 주간고속도로 옆에 있음 그리고 약간 더 김
지도에서 마스테이션은 이런 모습이다
마스테이션 로드

실제
모습은
이렇다!

DAY 2 3/17 목

밴슨에서 시에라 비스타 근처 샌 피드로 국립 보호구역까지 - 71킬로미터

오늘 반대 방향으로 가는
자전거 여행자를 만났다

그 여자가
내게 피스
사인을
해보이며
소리치기를

언니 쩐다!

하하하!

감동으로
울컥했다

다음
라 비스타에 있는
전거 가게에 갔다
자전거 여행자가
한 명 더 왔었어요.
투손 쪽으로 간다던데
아, 봤어요!
조지아에서
출발했다더라고!
분명 그 사람은 미래의 나,
내가 꿈꾸는 나다
물론 그 사람은
나보다 튼튼하고
나보다
용감하다

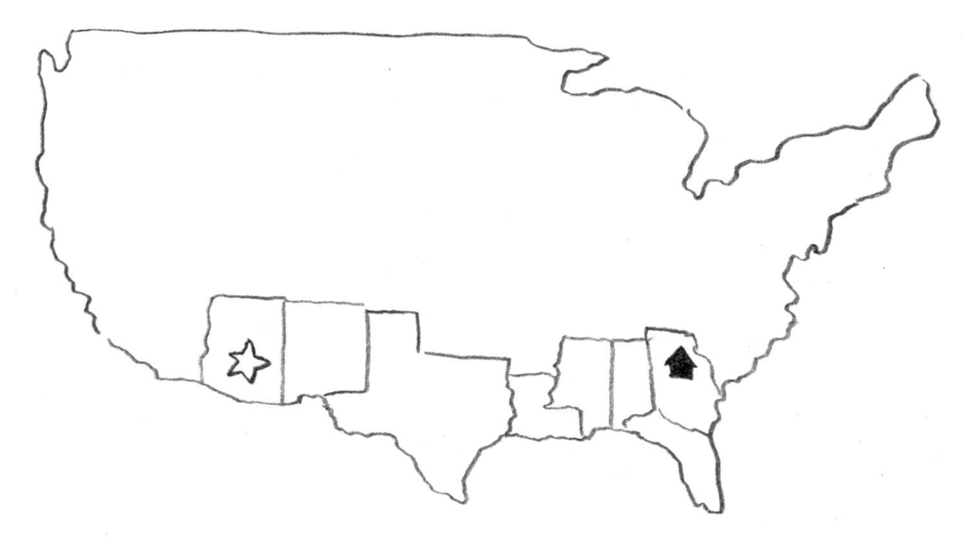

나는 자전거를 타고 애리조나주
투손에 있는 부모님 집에서 조지아주
애선스에 있는 내 집까지 가려고 한다.

자전거 여행을
결심한 이유가
뭔가요?

사람들이
묻고,
나는 답한다

곧 아기를 가질 계획이라서
지금이 아니면 20년은
기다려야겠다 싶었죠

혹은

아빠가 자전거를 조립해줬는데
택배로 보내기 싫어서
타고 가려고요!

이런 답은
하지 않는다

힘들었거든요,
살기 싫어서.

근데 자전거를 타면
기분이 좋아지더라고요.

하지만 전부
사실이다.

DAY 3 3/18 금

샌 피드로 국립 보호구역에서 비즈비까지 - 55킬로미터

전날 밤
나는 강 옆에
숨어
있었다

하
하하
아아아

거기서
새를 관찰하는 사람들이
떠날 때까지
기다렸다가
텐트를 설치했다.
추운 아침에는
긴 흙길을
자전거로 달렸고,
호수 수면 위로
햇볕이 비쳤다

사막으로
둘러싸인
흙길 위를 달렸다.
헬리콥터가 내 위로
날아왔다

국경
순찰대인가

헬리콥터는
작게 원을 그리더니
아주 낮은 곳까지 내려와

아마 내 피부색이
보이는 곳까지
내려왔던 거겠지.

조비의 세이프웨이 마트 안
스타벅스에서 냉동 깍지 콩으로
무릎 찜질 중

무슨 운동을 하십니까?

아! 저, 어, 자전거요

운동하는 분이구나, 싶었지요. 운동하는 사람들은 냉동 완두콩으로 찜질을 하니까

하지만 그건 깍지콩이네요.

어… 전 완두콩을 싫어해서요

그럴 줄 알았지요. 저분은 완두콩을 싫어하나보다, 혼자 생각했지요.

제발 버텨줘!

무릎이 망가질까 봐 두렵다.

심한 치질이 생길까 봐 두렵기도 하고.

DAY 4 3/19 토요일

비즈비에서 더글러스 & 로데오 사이 중간 지점까지 - 64킬로미터

비즈비의 친절한 B&B 주인은 내가 오늘 밤을 사막에서 보낼까 봐 걱정한다.
사막에는 "불법체류자"가 득실득실하단다

아, 위험해요

하지만 외국인을 싸잡아 "불법체류자"라고 부르는 사람 말은 듣지 않기로 한다.

더글러스에 있는 월마트에서는 계산원이 점심시간을 이용해 길냥이들에게 밥을 주고 있다.

더글러스에서부터 32킬로미터 떨어진 지점 & 로데오까지 48킬로미터 남은 지점 어떤 남자가 자기 차고에서 자고 가라고 한다.

그 사람도 밖에서 자는 것은 위험하다고 한다.
하지만 그는 야생 떼거리를 걱정하는 것이다.

하하하 걔가 뭐라고 했다고?
장난 아니네. 그거 완전 저격 트윗이잖아!
집에 있는 남편에게 전화
& 그간의 중요한 소식 들음

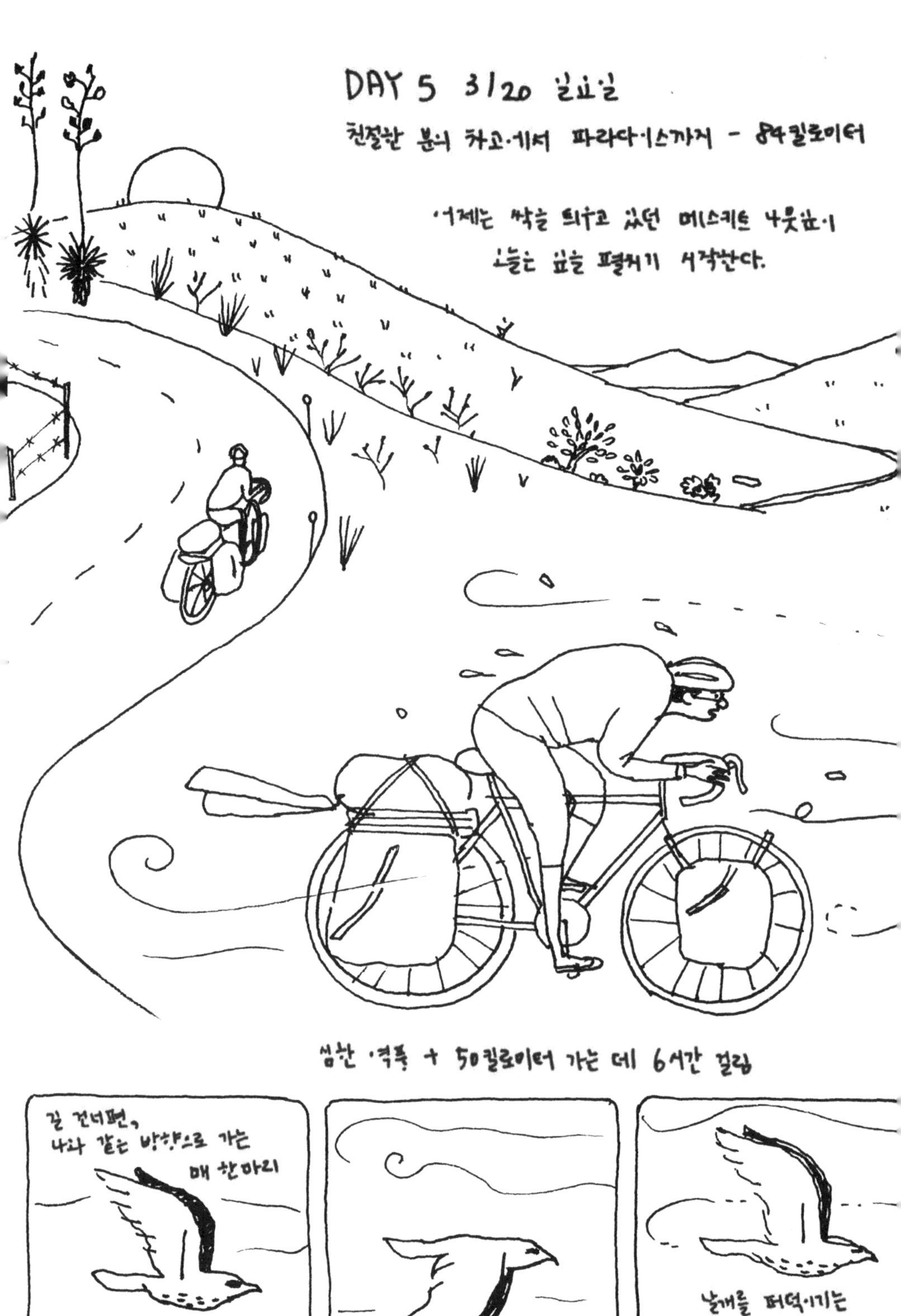

DAY 5 3/20 일요일
친절한 분의 차고에서 파라다이스까지 - 84킬로미터
어제는 싹을 틔우고 있던 메스키트 나뭇잎이
오늘은 잎을 펼치기 시작한다.
심한 역풍 + 50킬로미터 가는 데 6시간 걸림
길 건너편,
나와 같은 방향으로 가는
매 한 마리
날개를 퍼덕이기는
하지만 계속 제자리.
앞으로 가지 못함

저걸 밧줄로 감은 다음에 끌어 당겨보면 어떨까요?
LEGION
하하 하하 하
제로니모
그들 중 두 사람이 농담을 했다.

DAY6 3/21 월요일

파라다이스에서 하루 휴식

일요일 저녁
파라다이스에 도착
& 엄마 아빠가
나를 보러 옴

10번 주간고속도로를 타고
직선으로 왔더니 투손에서 여기까지
3시간 걸렸다고 한다

첫 주가 잘
지나갔으니
덜 걱정하실 줄
알았는데요?

나도 그럴 줄
알았다.

엘파소까지 가는 길에
어디서 밤을 보내야 할지
고민하며 월요일 보내는 중

아빠는
자전거 정비 중

DAY 7 3/22 화요일

파라다이스에서 C.D.T.* 시작 지점까지 -84킬로미터

시속 20킬로미터의 순풍이
나를 뉴멕시코까지
훨훨 날게 함

자동차는 한 시간에 고작 여섯 대 정도
지나갈 뿐이고, 그중 적어도 한 대는
국경 순찰대다.

오후 2시에 캠핑하려고 했던
사막 한구석에 도착
후 거세지는 바람

바스락 바스락 바스락 바스락 바스락 바스락 바스락 바스락 바스락 바스락 바스락

순조로운 하루에 감사한다.
무릎이 또 나갔기 때문이다.

일요일에 너무 무리했어

난 정말 바보야

완주 못 하면 어쩌지?

텍사스 서부의 언덕들은 어떡해?

.D.T.
티넨털 디바이드 트레일(Continental Divide Trail)의 약자. 로키산맥을 따라 캐나다 최남단부터 멕시코 최북단까지 이어지는 산길 여행 코스.

대체 나는 왜 이딴 걸
좋아하게 됐을까?
나는 바리바리
싸들고 다니는 게 좋다
텐트와 침낭,
각종 장비와 옷.

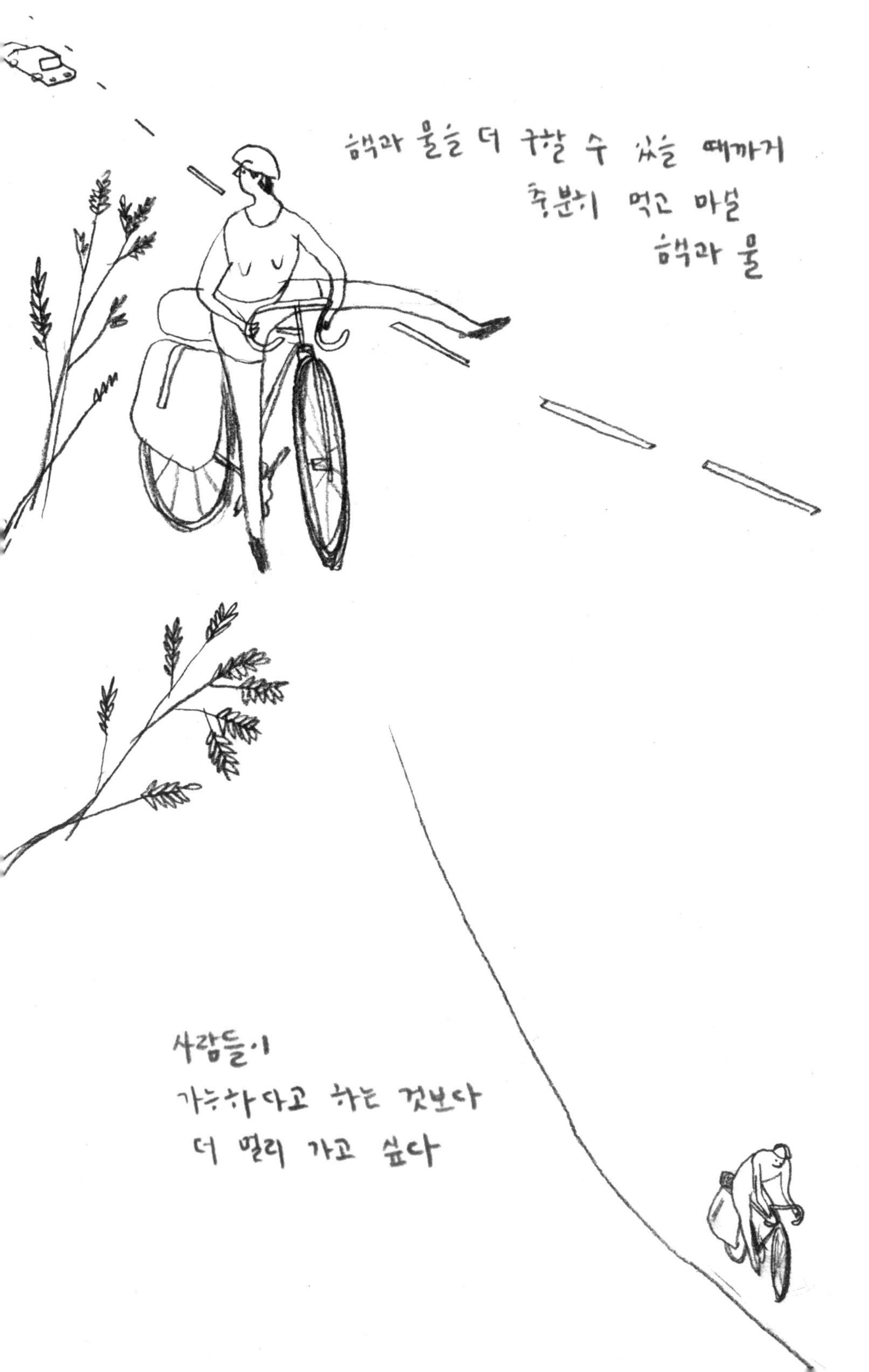
음식과 물을 더 구할 수 있을 때까지
충분히 먹고 마실
음식과 물
사람들이
가능하다고 하는 것보다
더 멀리 가고 싶다

DAY 8 – 3월 23일

사막의 야영지에서 뉴멕시코 콜럼버스까지 – 87킬로미터

하치타 주민 센터 밖에는
수도꼭지가 있다.
이런 팻말이랑

식수

건물 대부분이
버려진 집과
버려진 식당,
버려진 술집,
버려진 교회다.

구구

구구

구구

구구

구구

비둘기다!

윤득 탐폰 넣는 것을
깜빡했다는 걸
깨닫는다

교회 마당에서
피 씻어내는 중

하여간 별일이
다 있어

휘이이잉
맞바람이 불 때는
울부짖는 소리가 나고,
매 순간 있는 힘을
다 짜내야 한다
휘이이잉

바람이 옆에서 불어오면
그 방향으로 몸을 기울여야 한다.
바람 때문에 길 한복판이나
길 밖으로 밀려날 수 있으니까

위이잉

위이잉

하지만 순풍이 불 때는
사위가 완전한 침묵에 휩싸인다.
바람이 있다는 것도 잊어버리게 된다.
엄청나게 빨리 가고 있다는 것만 자각할 뿐이고,
빨리 가기는 쉽다.

DAY 9 - 3월 24일

맑은 날

계속, 여행하고 싶단 말이야!!

이제 와서 그만둘 수는 없어, 이미 트위터에 올렸다고!!

욱씬

욱씬

후드드득

아주 작은 마을 한산한 캠핑카 주차장에서 무릎을 쉬게 해주며 넋을 놓는 중

부모님과 한 문자

우리가 갈게! 우리 아직 가깝거든

오고 싶으면 와요! 섭섭하니까!

잠깐, 이게 좋은 생각이 아닌데

이미 늦었어 하하

부모님은 2시간도 안 돼서 300킬로미터가 넘는 거리를 달려왔다. 이걸로 작별인사만 세 번째.

다음에 완주하면 되지!

ㅠㅠㅠㅠㅠㅠㅠ

토닥토닥

지금까지 여행한 거리만으로도 대단한 거야!

며칠 후에 봐!

아니, 몇 달!!

하하 하하

저 멀리 보이는 산
가자 저곳으로

그 산을 오르고

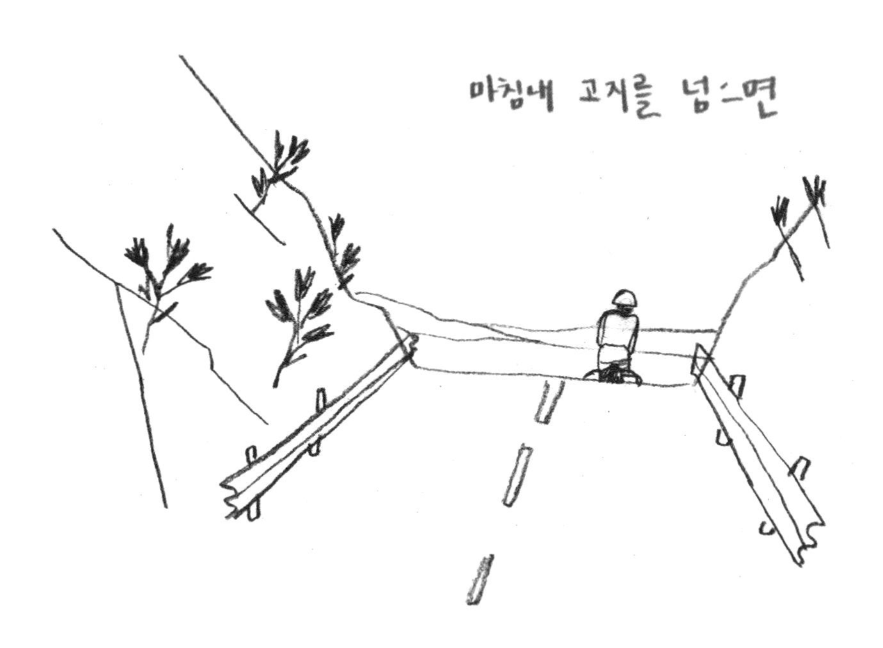
마침내 고지를 넘으면

지나간 일이 된다

DAY 10 - 3월 25일

콜럼버스에서 사막의 야영지까지 - 69킬로미터

큰 소리로 노래를 부른다.
는 보통 기분 좋을 때 노래를 부른다.
런데 오늘은 기분이 별로다

돌처럼 바다 위를 훌쩍 뛰어넘어*

"나를 계속
밀어붙여서
아주 강해지고
말 거야"

하 하 하
하 하
하

이것이
내 유일한
계획이었다.

ㄴ 고속도로 길가에
된 철망에는
다 내고 덧낸 흔적이
득하다

두두 두두
이 이 잉!

국경 순찰대
헬리콥터 세 대가
내 텐트 위를
지나간다

두두 두두
두두
두두
두두

휘이이잉!
휘이이잉
휘이이잉

*해리 닐슨의 노래 〈Everybody's Talkin'〉(다들 말이 많네요) 중 한 구절.

두두 두두 두두

자전거와 번쩍이는 반사경을 숨겨본다.
그렇지만 이런 행동이 더
수상해 보일뿐더러
어차피 순찰대에게는
적외선 탐지기도 있을 것이다.

DAY 11 - 3월 26일

사막의 야영지에서 엘파소까지 - 63킬로미터

리오그란데강을 건넌다

엿이나 먹어라, 뉴멕시코*

두두
두두

* 괜히 남 탓하기

속도는 겨우 기어가는 수준이지만,
무릎 상태가 좋아져서
기분도 한결 나아졌다.
그동안 강박적으로
무릎 스트레칭과
운동을 했다

다시 도시로
돌아와 공포
+ 짜릿함 속에서
페달을 밟는다

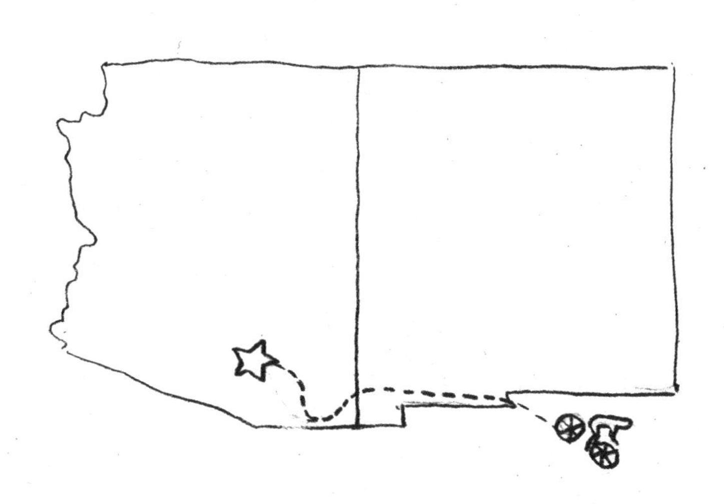

DAY 12 - 3월 27일

망한 날

엘파소에는 경사가 많음
우 언덕을 오르다
체인이 감겨버림
우 클립을 풀지 못함

하하

넘어지니까 기분 좋은걸

!

드로잉도 어색하고
마음대로 되지 않는다
왜 그런지 누가 알겠어

이거 이상해

내 자전거가 빨랐으면
내 그림이 예뻤으면 좋겠다

하지만 그게 불가능하대도
뭘 어쩌겠어? 그만둬?

하던 건 계속해야지

하하

동네 술집에 가서
버드와이저와 클리마토를
들이키며 폰으로
전쟁과 평화를 읽는다
기분 존나 좋음

DAY 13 - 3월 28일
엘파소에서 하루 휴식
하루 종일
공원 벤치에 앉아서
책 읽으며 무릎 찜질함
수컷 비둘기가
몸을 잔뜩 부풀린 채
암컷을 졸졸 쫓아다닌다
암컷이 눈길을 주면
수컷은 작은 원을 그리며
날렵한 댄스를 선보인다

DAY 14 - 3월 29일

엘파소에서 토닐로까지 - 63킬로미터

도시 밖 교외 지역에서
자전거 타기란 항상 힘들지만
곧 아름다운 농경지가 펼쳐진다.
기분 째진다.

나는 천국으로 갈 거야,
완두콩 껍질을 타고*

혼자 여행하는 거예요?

아, 아뇨!
남편이랑 같이 왔어요!

누가 물어보면,
안전을 위해서 이렇게 답한다.
내게 거짓말은 식은 죽 먹기고,
사람들이 나 때문에 걱정하면
그 걱정이 내게도 전염되기 때문이다.

안녕 귀염둥이~

혼자야?

푹

푹

푹

이 거짓말은
실없고 즐거운
상상으로
이어진다

이 칼이랑
같이 있다!

*프레드 닐의 노래 〈I've Got A Secret(내겐 비밀이 있어요)〉 중 한 구절.

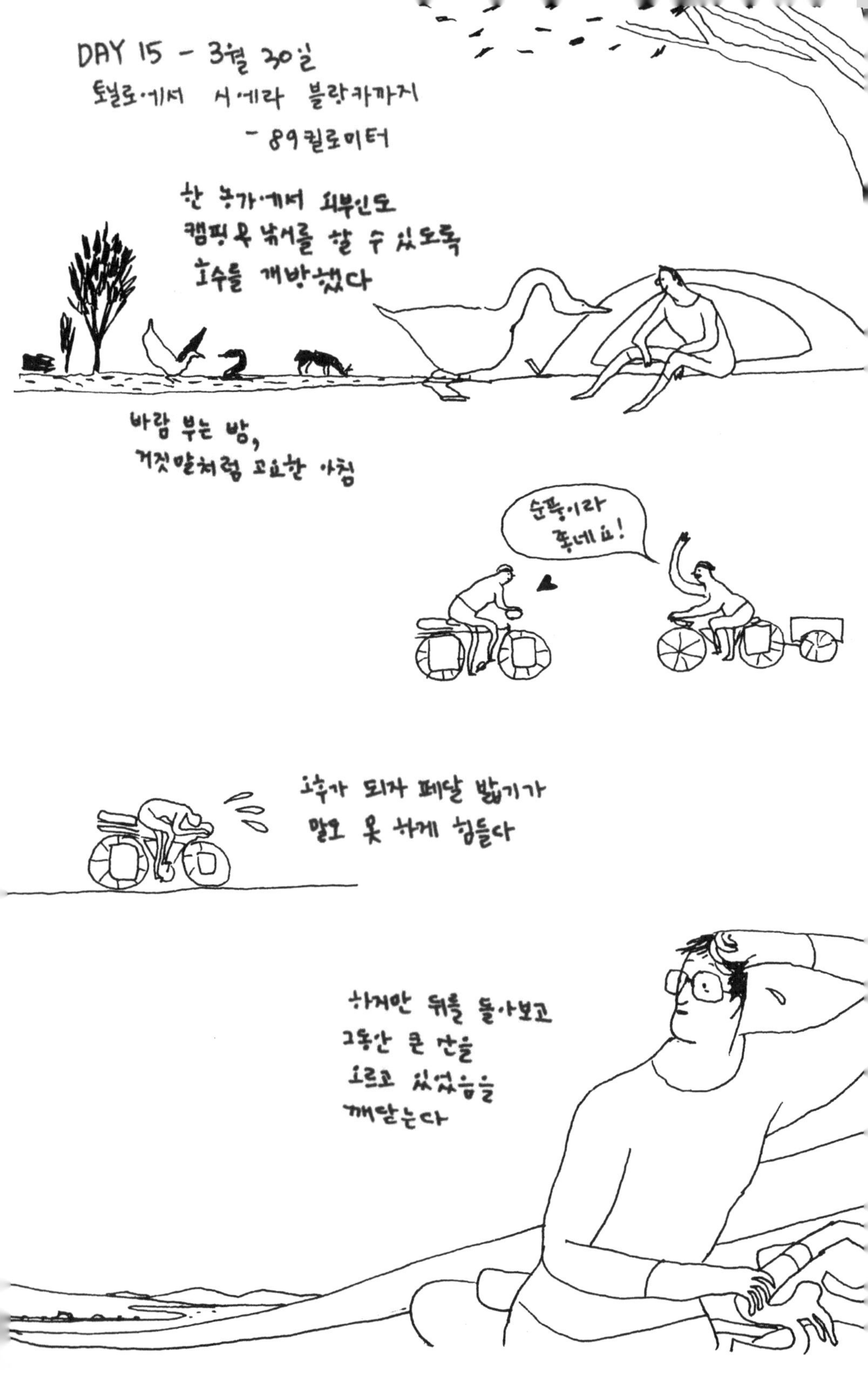

DAY 15 - 3월 30일
토닐로에서 시에라 블랑카까지
- 89킬로미터

한 농가에서 외부인도
캠핑과 낚시를 할 수 있도록
호수를 개방했다

바람 부는 밤,
거짓말처럼 고요한 아침

순풍이라
좋네요!

오후가 되자 페달 밟기가
말도 못 하게 힘들다

하지만 뒤를 돌아보고
그동안 큰 산을
오르고 있었음을
깨닫는다

어제는 온통
덤불뿐이었는데

오늘은 키가 훌쩍한
풀도 보인다

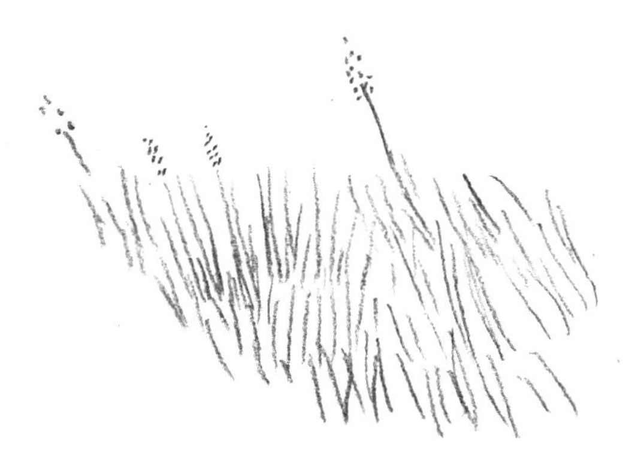

전부 12달러
3센트입니다

DAY 16 - 3월 31일
시에라 블랑카에서 밴혼까지 - 53킬로미터

짙고 어두운
그림자 같은 생각들

작고 하얀
구름 세 조각

보이는 것들의 이름을
큰 소리로 불러본다

메스키트
덤불

2시 방향에
작은 모래바람

사물은 그 이름을
불러보면
더 또렷이
보인다.

저 멀리 희미한 바위산이 보이고,
가까이에는 완만한 언덕이 있다

위에는 진한 남색 하늘,
밑에는 환한 청록빛 수평선

처음 보는 새

색깔이 다른 흙

나는 텍사스 서부에 있는
국경지를 지나고 있다.
멕시코와 치와와주의 산맥이
내 오른쪽 멀리 보이고,
나와 산맥 사이에는
시커멓고 높다란 펜스가 있다.

검은색 소형차 한 대가
굉음과 함께
내 옆을 지난다
그 뒤를
국경 순찰대
트럭이 따른다

계속 달려가니,
몇 킬로미터 앞에
아까 봤던
검은색 소형차가 있다
안에는 아무도
없다

무슨 일이에요?
저 사람을 올가미로 끌어낼 거래요
가서 밧줄 던지는 걸 구경해야겠어요

그는 다리 아래로
지나간다

덩치가 큰 사람인 줄
알았는데, 빙 돌아가서
얼굴을 보니
마른 체격인 데다가
나이도 어리다

그는 걷는다
물살을 뚫고

국경 순찰대와 보안관보,
구급대원이 둑을 따라 그와 함께 걷는다

마침내 누군가가 말할 것이다.

"이봐요, 우리가 도와줄게요, 우리가 도와준다니까."

그가 운하의 둑으로 나오면 반쯤은 제 발로 올라가고
반쯤은 위에서 끌어당겨질 것이다.
그 후 경찰들이 그를 땅에 눕히고 수갑을 채우면
그는 쉰 목소리로 소리칠 것이다.
들것을 들고 온 구급대가 다시 수갑을 푼 뒤
그의 젖은 티셔츠를 벗기고 그를 담요로 감싸준 다음
어디론가 데려갈 것이다.

하지만 지금 그는
아주 오랫동안,
이 운하 속에서
똑바로 정면을
바라보며 천천히
걷고 있다.

국경 순찰대
비행선

DAY 17 - 4월 1일

밴혼에서 밸런타인 근처까지 - 74킬로미터

텍사스에서도 이 지역은
어쩌나 아름다운지
내 눈을 의심하게 된다

탁 트인 사막 한복판에서
야영할 곳이라고는
기찻길 바로 옆,
도로에서는
보이지 않는
곳이다.

덜컹 - 덜컹

DAY 18 – 4월 2일

밸런타인 근처에서 마파까지 – 47킬로미터

날씨는
좋은데 이놈의
무릎이
말썽이다

8킬로미터마다
멈춰 서서
쉬어야 한다

마파에 도착하니 온갖 색깔이 쨍하게 빛난다

나는 카우보이 바에서
위스키 두 잔을 마시고
카우보이들을
구경한다

DAY 19 - 4월 3일
마파에서 하루 휴식

DAY 21 - 4월 5일
마파에서 알파인까지 - 40킬로미터

DAY 21 - 4월 5일 (이어지는 이야기)

자전거 가게 주인에게 자전거를 부쳐달라고 부탁한다

저 지금 너무 속상해요!

저런, 다 털어놔요!

내가 전에는 사회 복지사였어요. 상담치료사 훈련도 받았죠!

아는 사람 중에 스포츠 마사지사가 있어요. 걔한테 무릎 이야기를 해볼게요.

오, 이쪽은 내 친구이자 의사인 루크예요! 의사선생, 이 분 좀 봐줘

자전거 타도 괜찮겠는데요

띠링!

5시로 마사지 예약했어요!

감사하지만, 그냥 일주일 정도 쉬며

내 친구 브라이언과 게일이 재워줄 겁니

띠링!

브라이언이 오늘 저녁은 야채수프라네요!

이쯤 되니 내가 죽어서 천국에 온 건가 싶었다.

이쪽은
브라이언과 게일.
그리고 이쪽은
호보!
지역 신문에
호보 이야기가
실린 후로는
살 수가 없어요
송유관
건설반대
지역 신문
귀여운 강아지 호보
내 딸이 엘리너 또래예요!
으, 우리는 공화당
이라면 질색이야!
예술가라니 정말 멋지네!
나도 유리 공예를 해요
수프 좀 더 먹어요!
시장
안녕
하세요!
안녕
호보!
지역 신문에 호보 이야기가
실린 후로는 살 수가 없어요!

스포츠 닥터에게 진료 받으러 왔다
저는 트루먼 스툰 "닥" 입니다
자전거 여행을 그만둬야 할까요, 닥?
아뇨
그러다가 무릎에 영구적 손상이 생기지 않을까요??
그렇죠.
그래도 좋아하는 일이잖아요. 계속해야죠.
다음 날 그는 불 라이딩 로데오 경기가 열리는 경기장으로 갔
선수들에게 무료 진료를 해주려고.

그런데 새니 클라크가 무대 위로
라와서 드럼을 치는 겁니다!
하 하 하
며칠 동안 자전거 가게를
청소하고 존이랑 놀며
시간을 보냈다.
어깨를 더 움직여 봐요!
아- 하하하
훌라후프가 제대로 놀아보고 싶다잖아요!
70년대가 황금기였죠
마약 사용이 줄어들고
에이즈가 유행하기 전
하 하 하
하지만
이런 일도 있었다:
♡♡♡
자기가 정말 자랑스러워. 하지만 너무 보고 싶어.
AD: 중요한 표지 작업 하나만 맡아줄 수 있어요?
AD: 휴가라고 자동 응답이 왔네요 여행 잘 다녀와요!!!
나 지금 뭐 하는 거지?

실패할 수도 있다는 건 처음부터 알았어. 그래, 아마 실패할 거야
확률은 80퍼센트쯤 되려나.
그러면 이 경험으로 뭘 해야 할까?

스포츠 침술 치료를 받았다
셀리브 진통제를? 신장이 남아나지 않을텐데! 설사 해요? 발진은?
집에 돌아가면 그때부터는 몸 관리 좀 해요!
오 이런, 기분 상했어요? 무슨 일 있어요? 이혼이라도 했어요?
하하, 아뇨 제가 눈물이
좀 나아요?
글쎄요?
무릎이 훨씬 나아졌어
젠장, 장난하나

DAY 27 - 4월 11일
'알파인'에서 마라톤까지, 54킬로미터

DAY 29 - 4월 13일

마라톤에서 샌더슨까지 - 84킬로미터

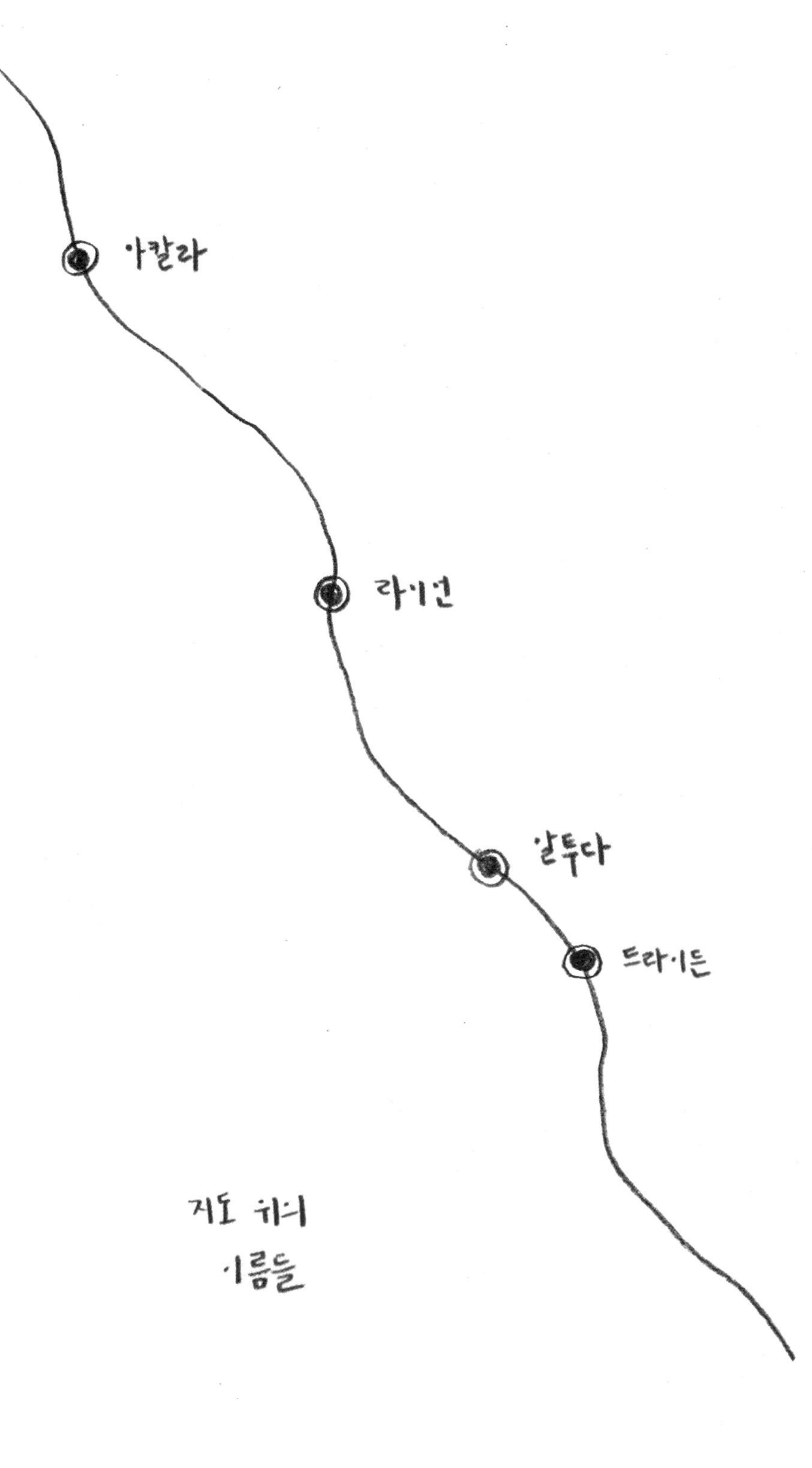
아칼라
라이언
알투다
드라이든
지도 위의
이름들

멍멍 멍멍

그 이름에 도달하면
집 몇 채가 보인다.

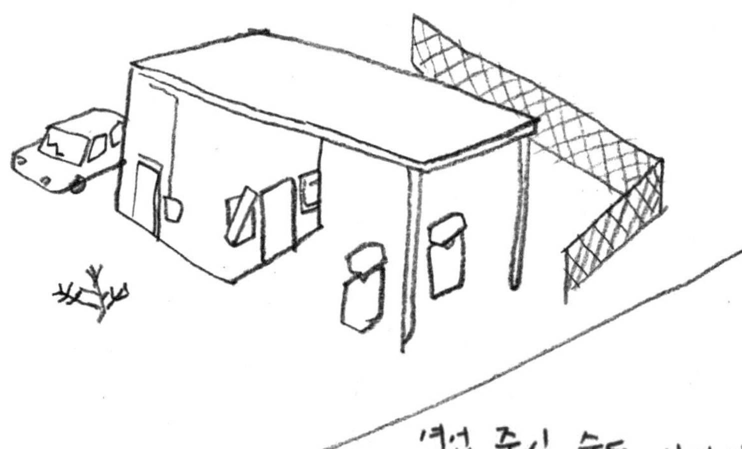

영업 중일 수도 있지만,
아닐 가능성이 크다

원래 미국 철도 공사
직원들이 여기서 교대를 했지만,
이제는 아니다

매~애~애

전에는 이곳에 광산이 있었지만,
이제는 없다.

DAY 30 – 4월 14일
샌더슨에서 랭트리 근처 야영지까지 – 80킬로미터

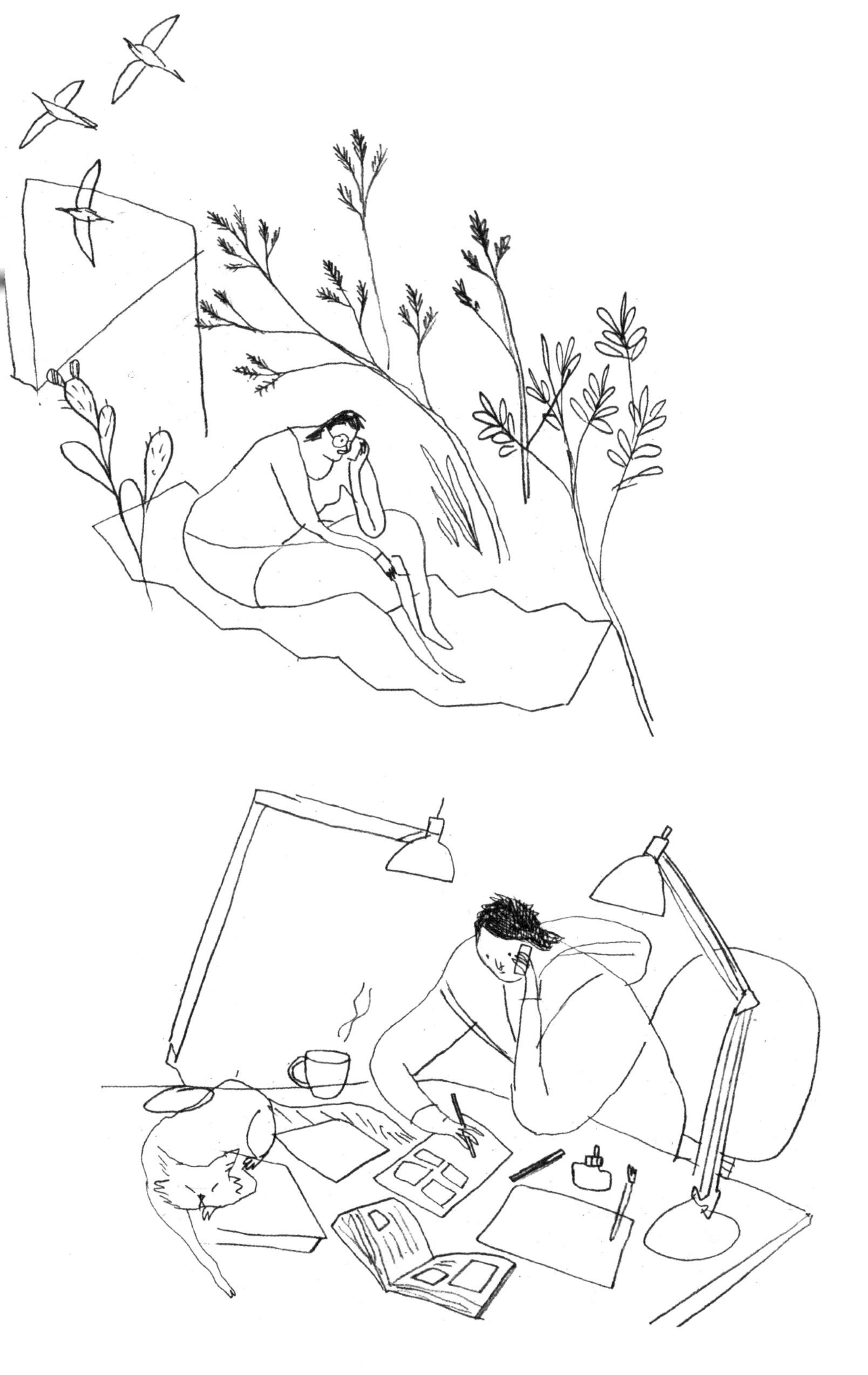

국경 순찰대는 철책을 따라
이동하며 오랜 시간을 보낸다
실례합니다! 혹시 물을 좀 얻을 수 있을까요?
목마른 사람을 자주 만나시나 봐요
하하 그럼요
나는 헬리콥
비행선이나 검은
왜 있는지, 순찰대
길고 긴 철책을 따라
천천히 이동하며
무엇을 찾고 있는지
묻지 않는다

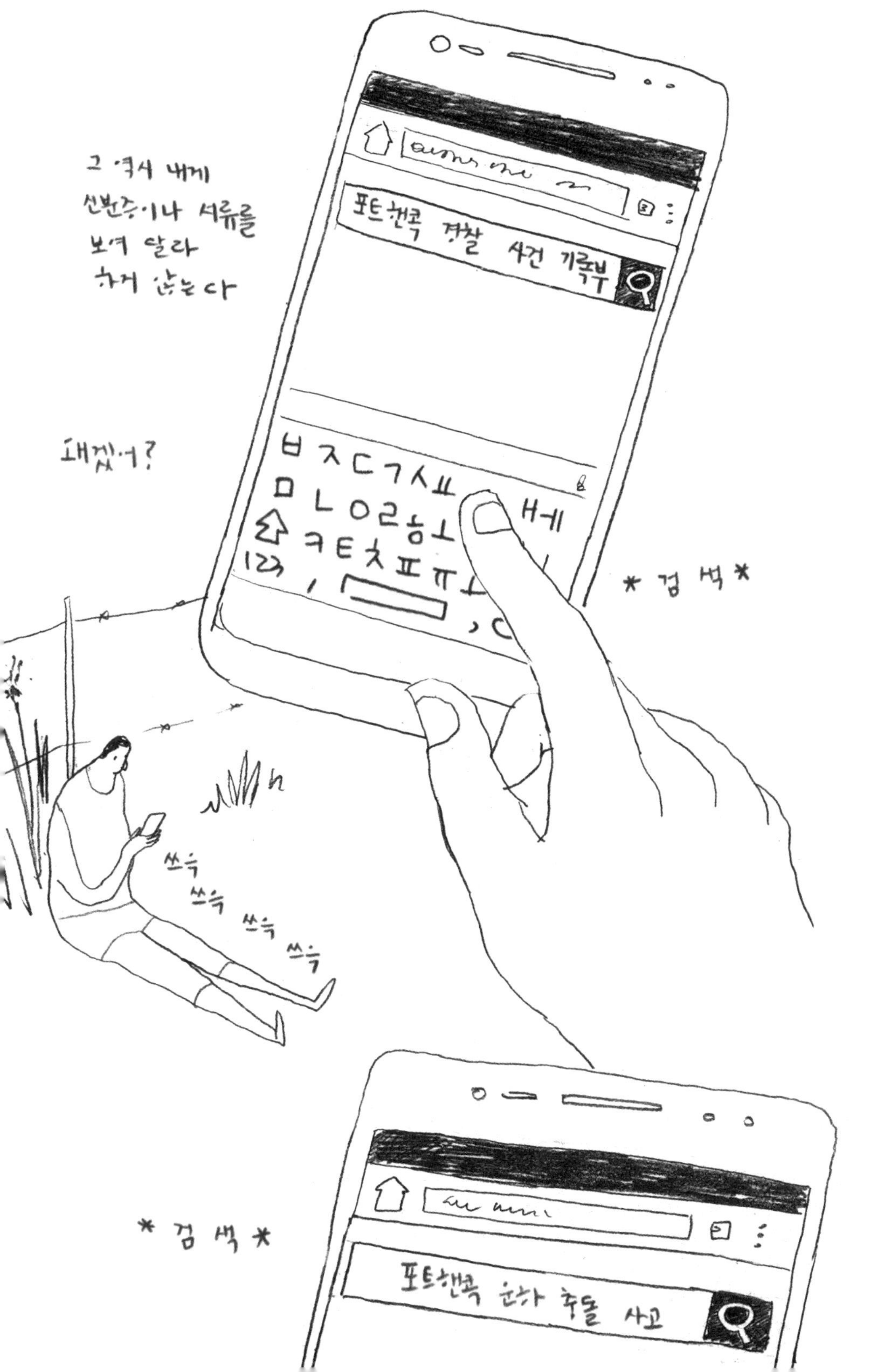
그 역시 내게
신분증이나 서류를
보여 달라
하지 않는다
포트헨콕 경찰 사건 기록부
왜겠어?
검색
쓰윽
쓰윽
쓰윽
쓰윽
검색
포트핸콕 순차 추돌 사고

DAY 31 - 4월 15일

사막 야영지에서 랜트리까지 - 18킬로미터

랜트리는 거의 버려진 곳이다.
웜 샤워스* 호스트가 살고 있기는 하지만

랜트리, 텍사스
부재중입니다. 하지만 내 트레일러 쓸 사람은 써요

휘이이이이이

이 정도면 괜찮아

바스락바스락

바스락바스락

달그락달그락

휘이이이이

달그락달그락

바스락바스락

바스락

이 정도면 괜찮지

결국엔 트레일러 대신 지하
배수로 앞에서 야영함

*웜 샤워스
자전거 여행객과 숙박을 제공하는 호스트를 연결해주는 사이트.

풍차와 말을 그린
작은 연필 그림,
서명도 있다
알프레도 루고 레세.
1974
다른 그래미티는
없다

DAY 32 - 4월 16일

랜트리에서 콤스톡까지 - 45킬로미터

서쪽 29킬로미터의 역풍

갓길도, 난간도 없는
2차선 다리. 바람도 거세다

맞은편에서
트럭만 오지
않기를

휘이이

휘이이

휘 이이이이

하
하하
하하
하하
하

두근 두근 두근 두근 두근 두근

반대편
도착

콤스톡에는 쓰러져가는
주유소 & 모텔 & 바가 하나씩 있을 뿐이다.
하지만 오늘 밤에는 카운티 '연례행사인 메기낚시대회
우승자 발표식 & 생선튀김 뷔페가 있다

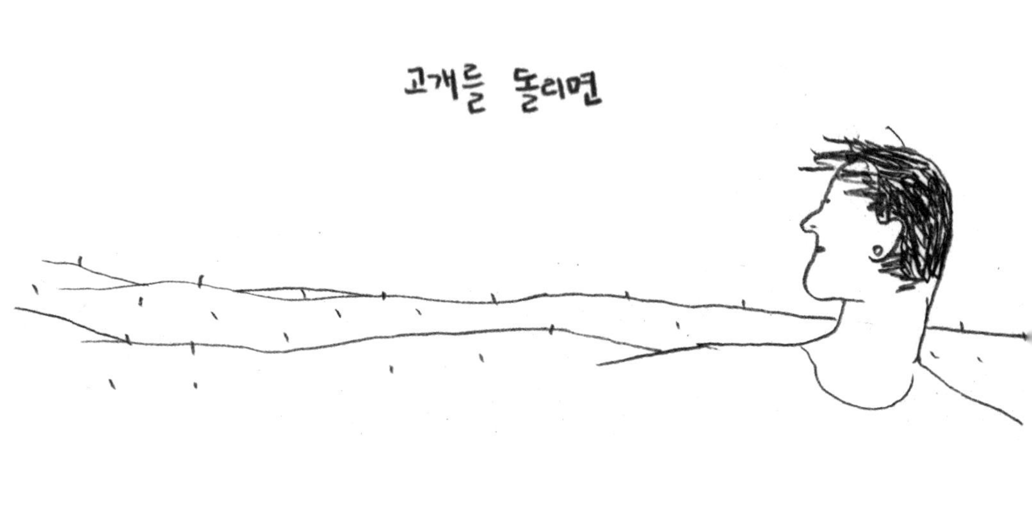
고개를 돌리면

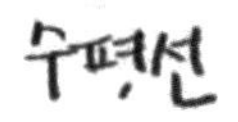
수평선

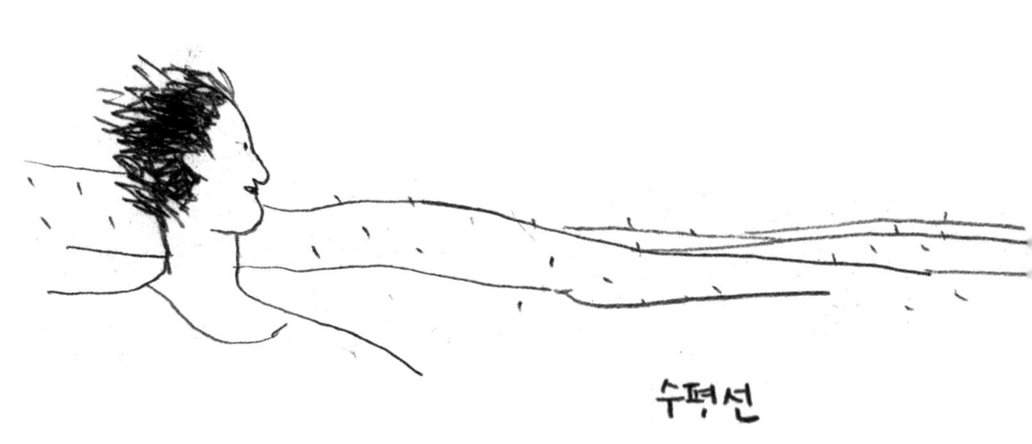
수평선

온전히
나의 것인
몸

신의 짜릿한
무심함.

DAY 33 - 4월 17일

콤스톡에서 브래킷빌까지 - 97킬로미터

사막에서 30일을 보낸 후
습지, 보트, 야자수, 바닷새가 있는 곳에 도착했다

브래킷빌에 있는
덕 빈 바에서
흠, 25년을 같이 산 아내가 암으로 죽은 다음 브래킷빌에 왔는데, 여기서 이 사랑스러운 여자분을 만났죠
PICKLE
내 남편은 기차 충돌 사고로 죽었어요
콰-앙!
40년 동안 부부였는데
이런 생각이 들었죠… 바를 좋아하는 여자니까, 내게 바가 있으면 나도 좋아해 주겠네!

DAY 34 - 4월 18일

거대한 샘물터에 왔다
그만해!
하하 하하
가족끼리 놀러왔나 보다
뱉어내!
야, 이거 똥물이라고!
하하
이렇게 오랫동안 혼자 있는 건 오랜만이다
물고기가 똥싼 물이잖아!
야, 이거 똥물이라니까!
하하 하하하
네가 스타워즈에 대해 뭘 알아!
스타워즈에 대해 네가 뭘 아냐고!

DAY 35 - 4월 19일

브래킷빌에서 유벨디까지 - 77킬로미터

공기가 무겁고 습하다

녹음의 터널을 관통하는 중,
곤충과 새의 울음소리 때문에
귀가 따갑다

밀밭, 투명한 시냇물,
피어나는 모든 것

메스키트 숲에서
자라나는 커다란 참나무

가운데는
벽돌색,
끝은 노란색

아주 진하고 어두운
불그스름한 보라색

옅은 분홍색의
보송보송한
꽃술이

흰색 꽃,
컵 모양

레몬같이 노
쪼글쪼글

파란 꽃술이가
오밀조밀

연한 빛깔
엉겅퀴

쪼글쪼글한
분홍색 꽃

할 수 있을 것 같아!
조지아에 있는
내 집 앞까지,
자전거 타고 갈 거야!

DAY 36 – 4월 20일

유밸디에서 혼도까지, 72킬로미터

디하니스 밖에는
벽돌 먼지가 두껍게 쌓인
벽돌 공장이 있다
디하니스
자전거 멋지다
고마워요, 그쪽도요
스프로드 자전거예요?
콤보라 둘 다 돼
멋지네요, 내 것도 그런데
디하니스는 모든 것이
벽돌로 되어있다.
심지어 작은 창고나 개집조차도

나는 주로 캠핑카 주차장이나
캠프장에서 밤을 보내지만,

내 집이다
생각해요!

저 멀리까지
사람이
한 명도
없다

캠핑카
주차장

60달러짜리
모텔

저쪽 우거진 나무들 속에
텐트 치면 안 보이겠지
경 고!
취침하시려는
탈옥범일 수 있습니
60달러짜리
모텔

DAY 37 - 4월 21일

혼도에서 샌안토니오까지, 74킬로미터

DAY 38 - 4월 22일

샌안토니오에서 뉴 브라운펠스까지

89킬로미터

도로 옆 도랑 위로 자전거를 끌고 가는데, 한 여자가 내 앞에서 정차한다

그녀 이름은 수키

DAY 39 – 4월 23일

뉴 브라운펠스에서 오스틴까지 – 72킬로미터

엘리너?

잭?

경로를 벗어났는데
오래전 샌더슨에서
나를 앞서갔던
자전거 여행객을 마주쳤다

온종일 같이
자전거를 탄다

도시의 자동차들에게
함께 맞서니 기분 좋다.

오스틴에서 저녁 먹고
지도 보며 대화함

우리는 둘 다 조용한
스타일이라 서로가 편안했다.

DAY 39 4/24

오스틴에서 하루 휴식

난 지구를 파괴하는 중이지,
네 작은 몸 따위는
금방 박살 낼 수 있다고

넌 나 없으면
살아남지 못해

내가 없으면
넌 아무것도 아냐

자동차들은 우리에게
이렇게 말한다,
마치 만화 속
멍청한 악당들처럼.

이런 형편없는
악당들에게 맞서기란
기분 좋은 일이다

작은 몸으로
세상을 누비는 것도
기분 좋은 일이다

무너지지 않고
또 하루를 버텼다.

DAY 40 4/25

오스틴에서 하루 휴식

홈디포

레이
캠핑 아웃도어

대도시의
즐거움!

대형 마트

자전거 가게

우체국

미술관

친구 어맨다네 집에서 지내는 중.
오늘 밤 어맨다는 나를 바턴 스프링스 야외 수영장으로 데리고 갔다.
나무는 아래에서 쏘아 올린 조명을 받아 빛나고, 하늘은 불그스름한 보랏빛으로
진하게 물들었다.

DAY 41 4/26 89 킬로미터

오스틴에서 비셔 주립 공원까지

말린 망고 먹는 중

어디서 출발했어요?

애리조나요

어디까지 갈 건데요?

조지아요

후아…

생망고 먹는 중

나는 내 염소를 찾는 중이에요… 염소가 자꾸 이웃집 정원에 들어가서…

한 소리 들으시겠군요?

그렇죠…

우리 둘 다 망고를 먹고 있네요

네?

메~에

DAY 42 - 4/27

비셔에서 키구아 주립 공원까지
89 킬로미터

밤에 비가 내렸는데
눈 떠보니
물웅덩이 위다

왜 이런 쓰레기에
돈을 쓰니,
이 바보 같은 년아

에너지 파우더

이 멍청한
썅년

나 자신과의
심리 치료
시간

켈리너, 너
다른 사람에게는
그런 욕 절대 안 하잖아.
그러니까 자신에게도
욕하면 안 돼!

중얼
중얼

하 하 하 하
하 하 하 하!

하지만
오후가 되자
시냇물을 가로지르며
신나서 소리 지르고 싶다

거리에는 오헤다나 소브리노 같은
스페인식 이름 대신
엥겔브레히트나 힌츠 같은
독일식 이름이 붙어있다.

저기요! 어디서 출발했어요? 자전거 여행 중이세요?
오늘 아침에 잡은 메기인데 같이 드세요
우와!

DAY 43 - 4/28

예구아에서 리치조까지 89킬로미터

마음 한구석:

한 달이면 집에 가겠네!

하지만 앉아서 계획을 짜보려 하면

한 달이나 있어야 집에 가잖아!

그냥 아침에 일어나서

오늘은 80킬로미터 가야지

페달을 밟고

자고

이것의 반복

오늘은 80킬로미 가야지

DAY 44 4/29

리치즈에서 콜드스프링 근처까지

69킬로미터

늪지대의 소나무

라 라 라 라

라 라 라

아주 작은 마을들

(케이준) 소시지를 넣은 콜라치

(텍사스 스타일 체코 요리)

임대 문의

휴업

도넛

영업 중

그동안 캠핑카 주차장 & 모텔에 너무 자주 감

그래서 오늘은 숲에서 야영.

33
텐트를 설치하는 동안에는
뭐든 당신을 덮칠 수 있다

하지만 텐트
안은 안전하다

DAY 45 4/30

콜드스프링 근처에서 셰퍼드까지 – 27킬로미터

다음 날 아침,
텐트 바로 앞에
물이 발목까지
차올랐다

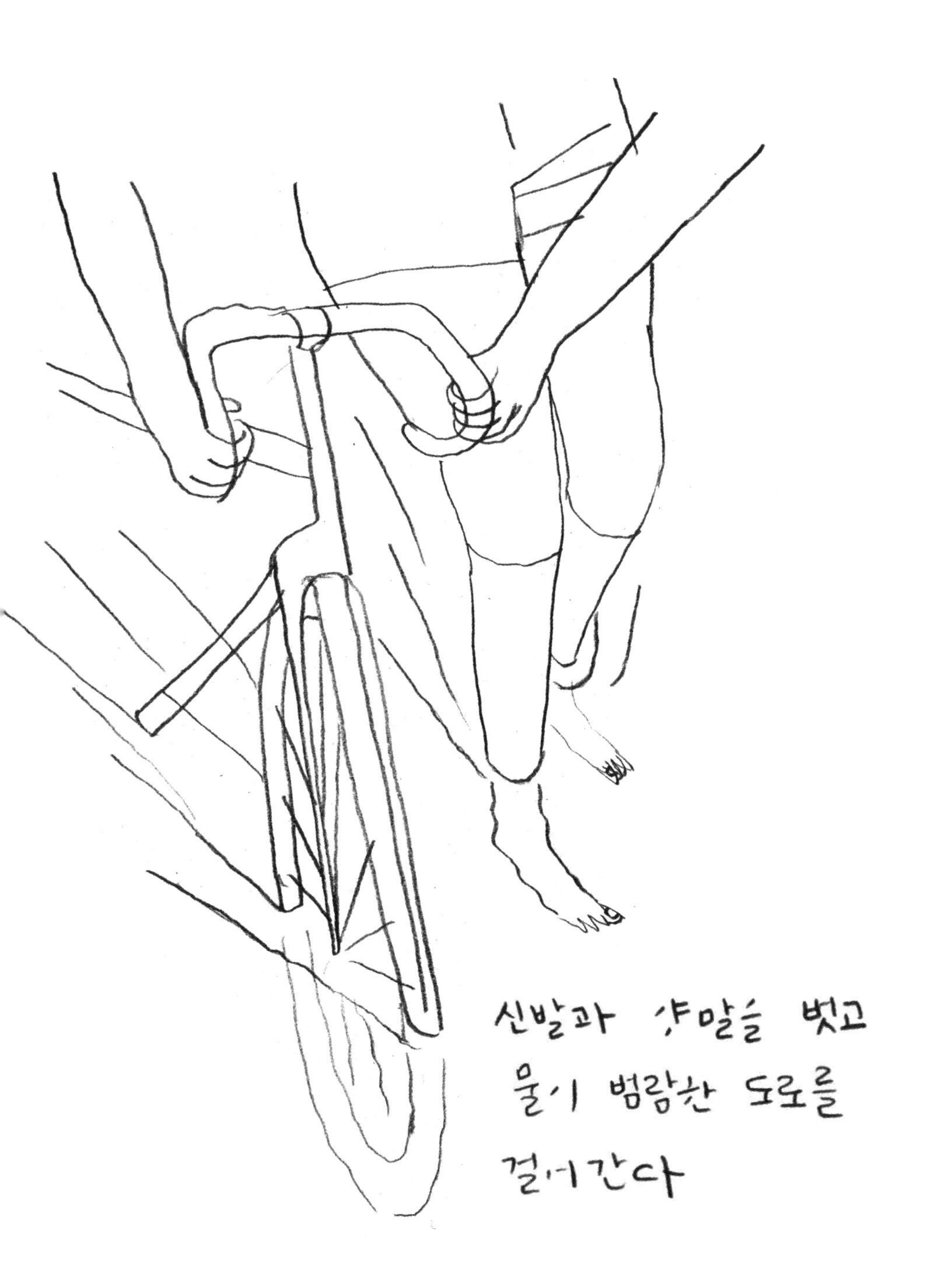
신발과 양말을 벗고
물이 범람한 도로를
걸어간다

DAY 46 5/1

셰퍼드에서 설비즈까지
100킬로미터

속도는 더 빨라지고,
나는 더 강해지고 있다!

이제는 무릎 통증이 어쨌는지 기억도 안 나는

노래를 만들어 부르다 보면
괴로움을 잊게 된다는 걸 모르니!

노래를 많이
부른다

온종일 자전거를 타다 보면
절대 괴롭지 않을 거야!

DAY 47 5/2

설비스에서 메리빌까지 - 89킬로미터

오전 내내 비 맞으며
페달 밟는 중

작디작은
루이지애나주 메리빌에는
작은 역사 협회가 있는데,
그 협회는
자전거 여행객에게만
무료로 숙소를 제공한다.

어렸을 때 이 이발소 의자에서
처음으로 머리를 잘랐답니다.

그 대가는
협회의
작은 박물관을
구경하는
것뿐이다.

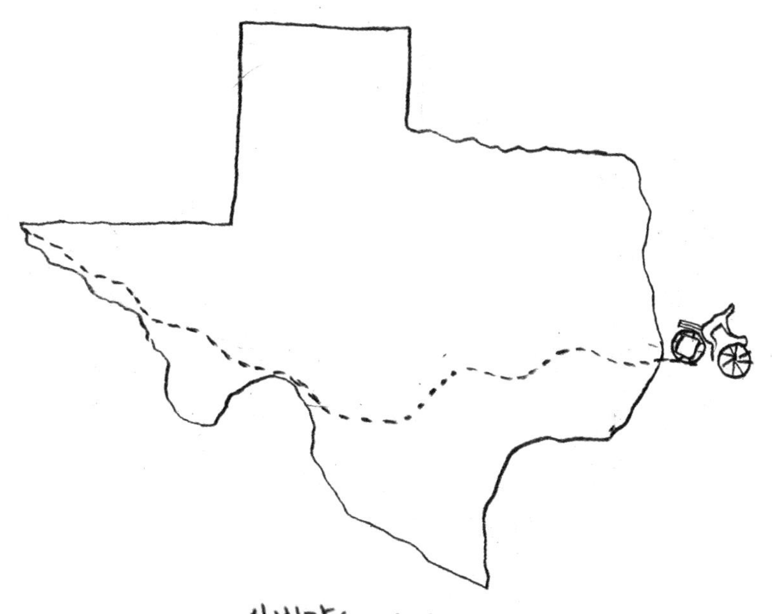

사빈강을 건너고,
아름다운 텍사스와는
안녕이다

DAY 48 5/3

메리빌에서 데리더까지 -
39킬로미터

전에는 개들을
쫓거르려고 새소며
소리를 질렀다

나쁜 강아지야!
저리 가
나쁜 강아지
왈 왈
왈 왈
깡
깡 깡!

하지만 지금은
그렇게 빨리
달리지 못한다.
그러니까

아이고 착해라!!
집을 이렇게 열심히
지키다니 착한
강아지네!!
으르렁
왈
깡
깡
깡!

이러면 개
진정시킬 수 있을 것
서, 내 마음은 확실
나아진다.

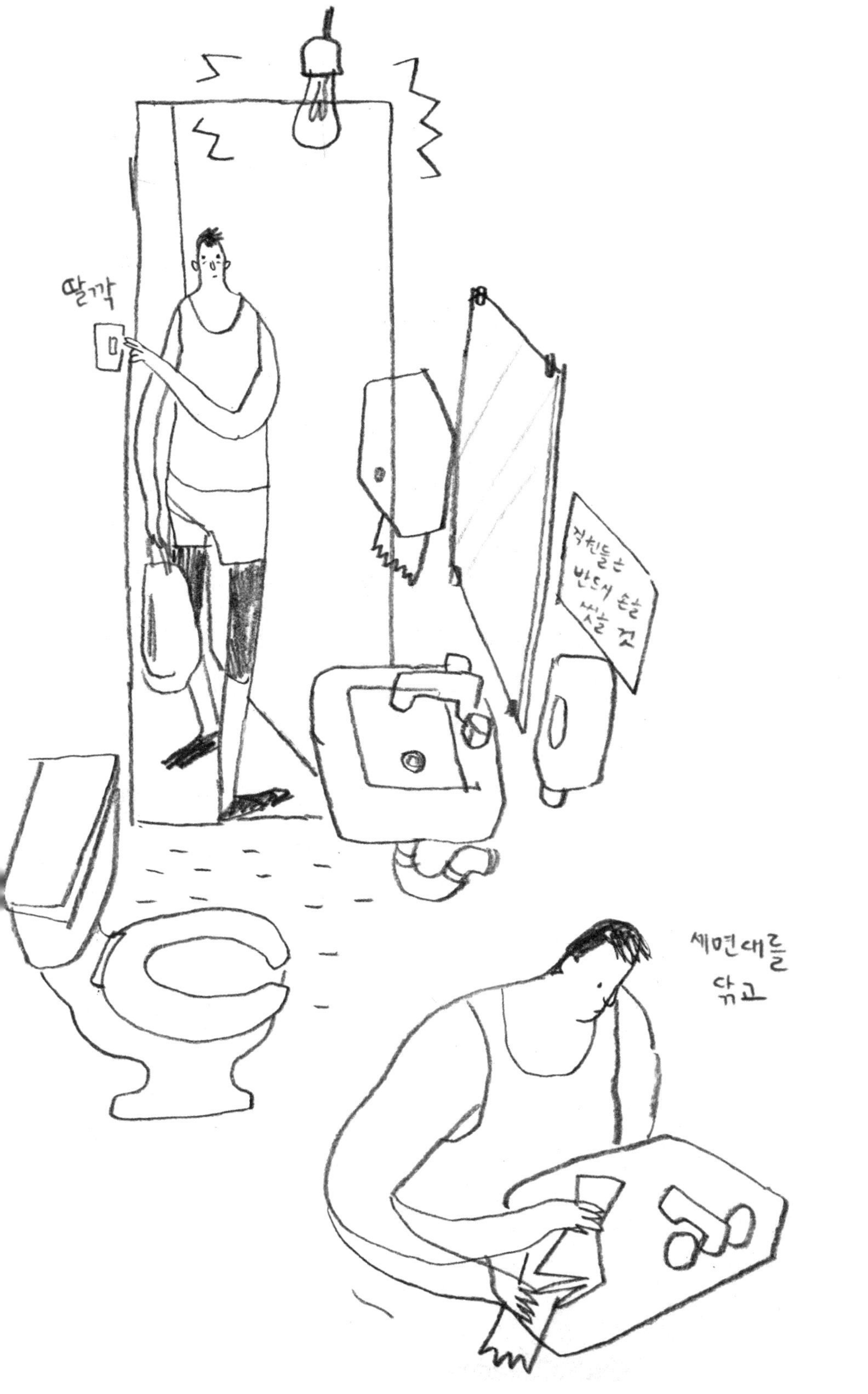
딸깍
직원들은
반드시 손을
씻을 것
세면대를
닦고

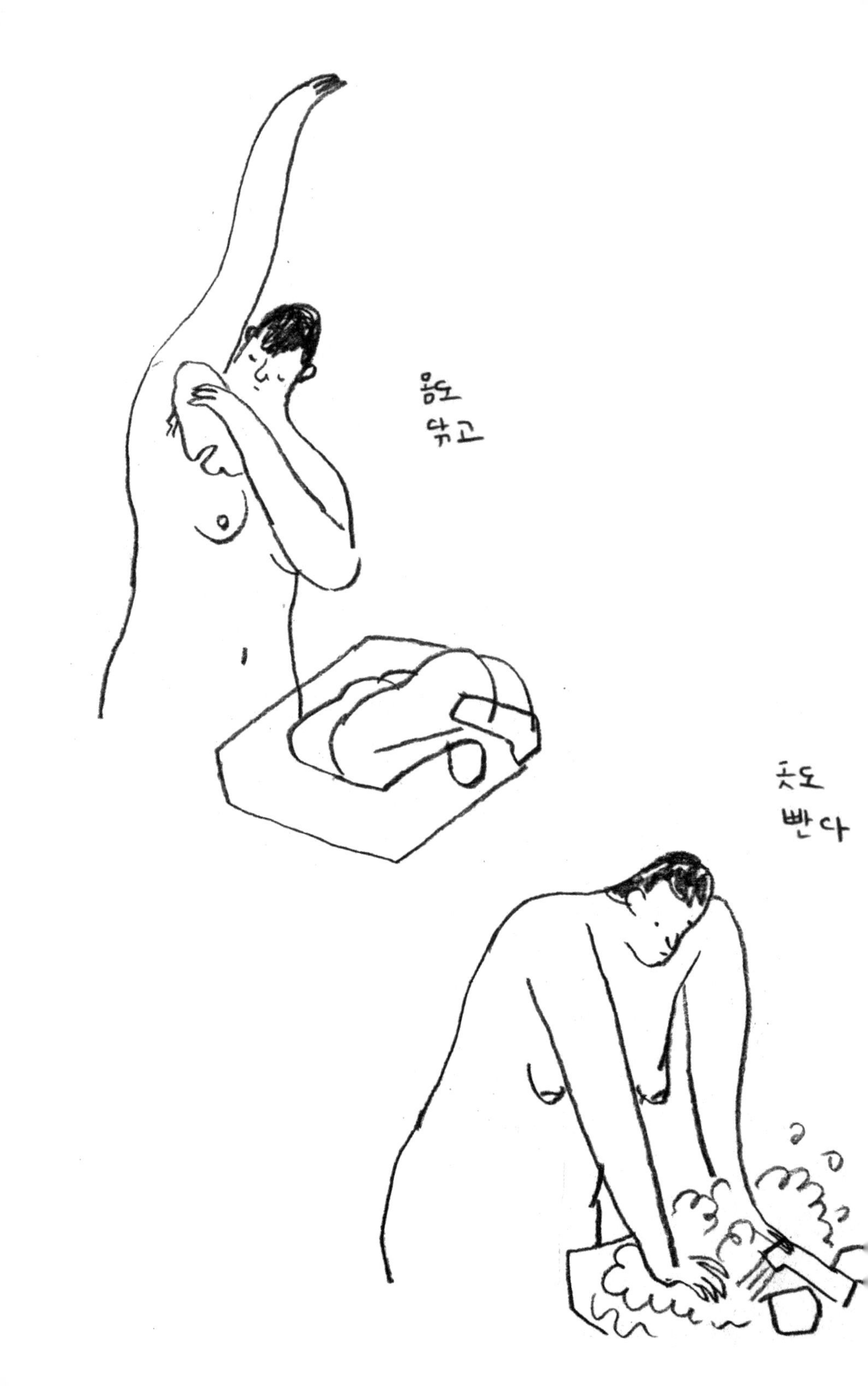
몸도
닦고
옷도
빤다

DAY 49 - 5/4

데리더에서 풀러턴까지 - 63킬로미터

무릎이 또 쑤신다,
아주 진절머리 난다.

내가 뭘 잘못했지

내가 뭘 잘못했지

내가 뭘 잘못했지

내일 아침에는 군사 기지를
통과하는 지름길로 가려 한다,
괴상한 모험이다

포트
포크

국유림

길이
막혀 있으면
그걸로
끝장이니까.

혹독한
소나무 숲속에서
엉엉
울었다.

ㅠㅠㅠㅠㅠ

DAY 50 - 5/5

플러턴에서 알렉산드리아까지 - 56킬로미터

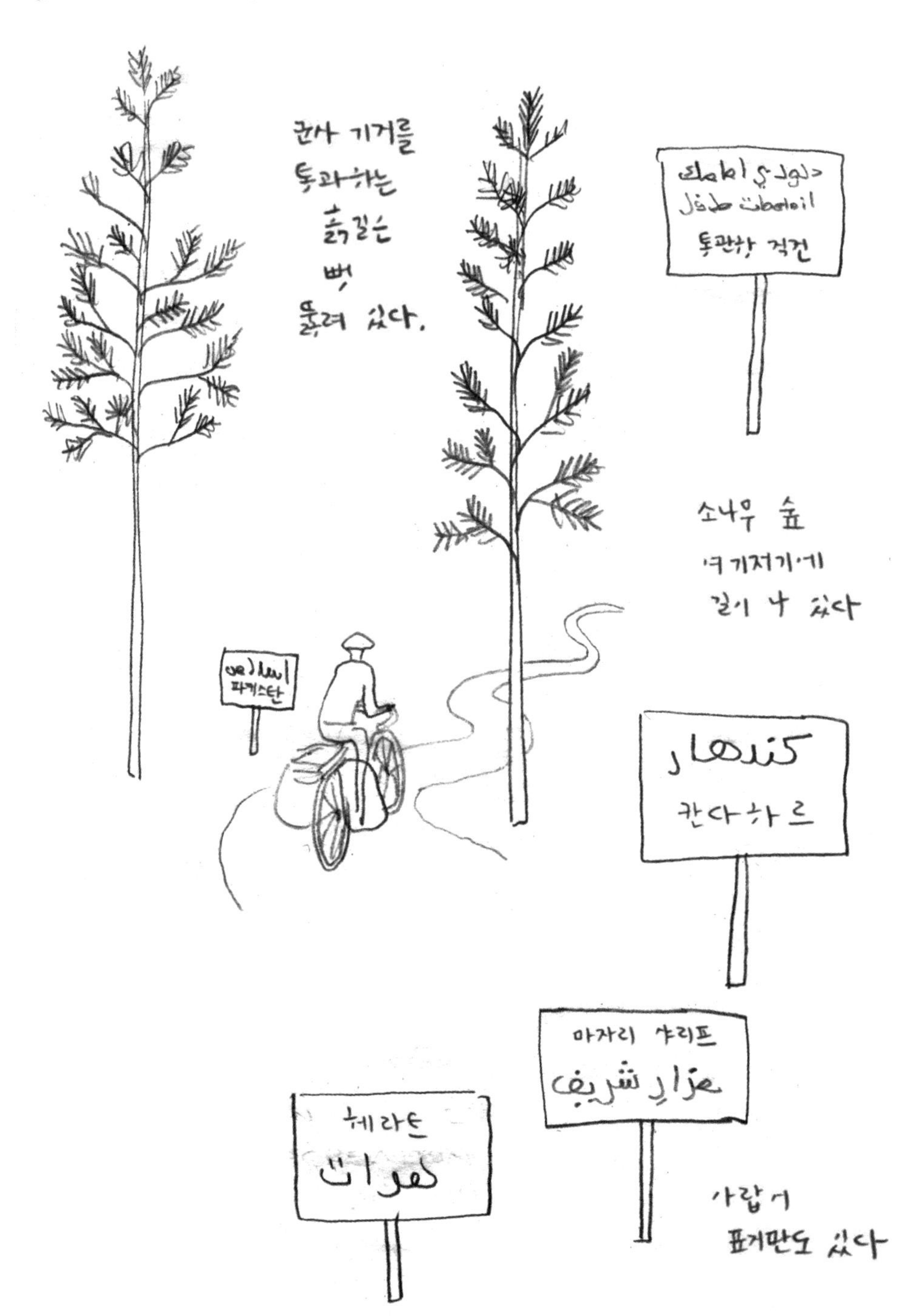

군사 기지를
통과하는
흙길은
뻥
뚫려 있다.
통관한 직전
소나무 숲
여기저기에
길이 나 있다
파키스탄
كندهار
칸다하르
마자리 샤리프
مزار شریف
헤라트
هرات
아랍어
표지판도 있다

중심부에는
아프가니스탄풍
마을이 재현되어 있다

건물은 파란색과 분홍색, 보라색으로 칠해져 있다.
동이 튼다.

DAY 51 5/6

알렉산드리아에서 하루 휴식

내 아들은 타투이스트거요!

자전거를 탄다고요? 이건 내 자전거 사진이에요!

어이쿠, 침을 잘못 꽂았네

원래 피가 잘 안 나는 체질인가

여행을 떠난 후 방문한 네 번째 침술원이다

부우우우

부우우우

부우우우

부우우우

부우우우

부우우

부우우우

이번 치료에 효과가 있다면 그건 우연이다

하지만 공짜 타말레* 한 봉지 받았다

*타

다진 고기와 채소를 옥수숫가루 반죽에 싼 후 쪄낸 멕시코

혼자인 삶이 좋다.
나의 두 발로 오롯이
나의 무게를 견뎌내는 삶

하지만 내 팔은 다른 몸을
껴안는 것에 익숙하다.
내 몸은 다른 팔에
안기는 것에 익숙하다.

DAY 52 5/7

알렉산드리아에서 폴락까지 - 42킬로미터

루이지애나주

폴락은 정말 작지만

조그만 고스족 & 조그만 펑크족!

저기요, 혼자 왔어요?

ㄴ... 네!

그들은 십 대들의 장난을 알려 준다

아이폰 날짜를 1970년 1월 1일로 설정하면 핸드폰이 고장 나요!!

몸에 까만색으로 네모를 그린 다음, 핸드폰 카메라로 플래시를 켜고 사진을 찍어 봐요! 깜짝 놀랄걸요!

우리 완전히 미쳤죠, 그렇죠? 아마 우리보고 미쳤다고 생각 하실 거야!

음, 그럼 질문이 있는데, 자전거로 얼마나 여행했었어요?

우리 집안 전체가 미쳤어요! 우리 아빠는 크리스마스에 옆집 개를 쏴 죽였다니까요!

음, 그럼 질문이 있는데, 가장 마음에 들었던 곳은 어디였어요?

음, 그럼

음, 그럼 질문이 있는데

나는 자수정 타입이에요, 작고 통통하고 시끄럽죠!

내가 얼마나 미쳤냐면요, 우리 둘이 같이 월마트에 갈 때마다 스펀지밥 피냐타* 뒤에 숨어서 "정징이다!" 라고 외쳐요

쟤가 그럴 때마다 난 도망가요

난 복도에 공룡 장난감을 줄지어 세워두는 게 좋아요

내 언니는 나보다 덩치도 큰데 싸움을 못 해요!

내 사촌은 은행을 턴 적도 있어요! 그러고는 비스 레스토랑에서 파이를 먹었대요

거기서 경찰에게 잡혔고요

난 월마트에 자주 못 가요. 엄마가 기름이 비싸다고 잘 안 태워 주거든요

저기요, 우리도 데려가 줘요!

피냐타
난감과 과자가 들어있는 파티용 인형.
로 천장에 매달아 놓고 막대기로 쳐서 터뜨린다.

DAY 53 5/8

폴락에서 아치까지 — 69킬로미터

아가씨, 악마가
아가씨에게 덫을 놓는 거야

아가씨를 꽉
붙잡고 있어서
하나님께
갈 수가 없는 거

하지만 진심으로
예수님을 받아들이면 —

앗!!

그는 전도사다.
그와 그의 아내가
5킬로미터 구간의
위험한 도로에서
나를 태워주었다.
전도사는 내게 선글라스와
돈 몇 푼을 주려고 했다.

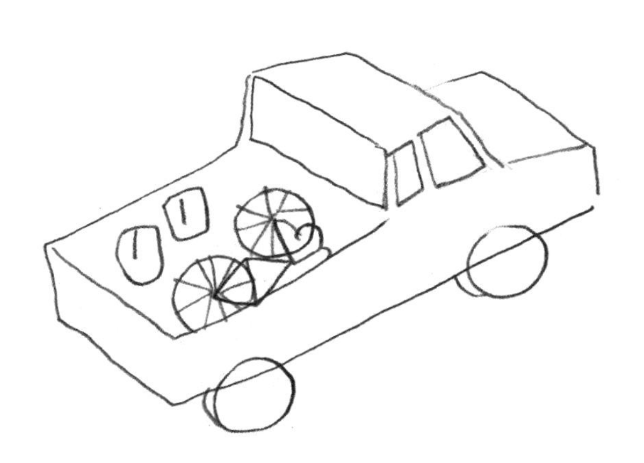

찌르륵
찌르륵
찌르륵
찌르륵
찌르륵
찌르륵
찌르륵
찌르륵

언제부터
자전거에
오르는 게
무서워진 걸까?

DAY 54 5/
아치에서 나체즈까
63킬로미터
오늘은
자지처럼 생긴
음식만
먹고 싶다
주유소에서
먹는 소시지
주유소에서
먹는
두 번째
소시지
주유소에서
먹는 피클
미시시피강을 건너
루이지애나를 떠난다

텍사스가 워낙 커서
다른 주는 전부
쪼고맣게 느껴진다.

DAY 55 5/10

나체즈에서 트레이스 - 21킬로미터

그래,
무릎이 말썽이지 않았다면
그림을 이렇게 많이
그리지 못했을 거야

그렇지만 오늘은
무릎이 너무 아파서
32킬로미터 떨어져 있는
다음 야영지까지도
못 가겠다

DAY 56 - 5/11

트레비스에서 로스수드까지 - 53킬로미터

태양

시원한 공기

힘을 내자

새, 나뭇잎 -

풍요롭다

조금만 더 힘내

잘 닦인

안전한 도로,

지금까지 달려온

2,736킬로미터

내 몸은
나를 끌고
먼 길을 왔다

삑
삑

(집-에 있는 남편)

오!
안녕, 여보!

하하
나 마지막
960킬로미터
포기할래

아! 끝까지 갈 수 있었다면
기분이 참 좋았을 것이다!

하지만 자신에게
포기를 허락하는 것 역시
기분 좋은 일이다.

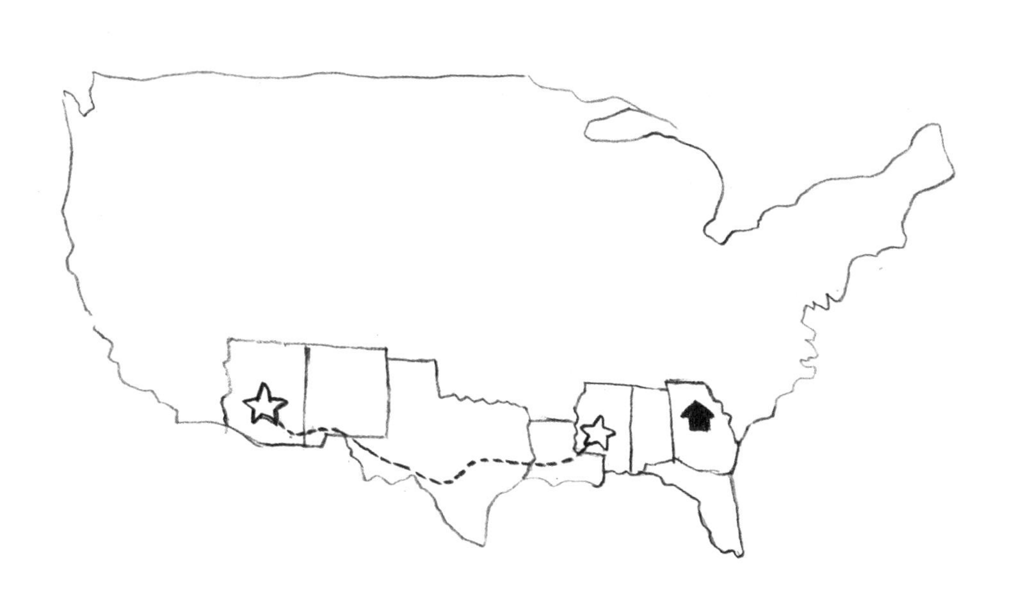

*저택 오른쪽에 꽂힌 깃발은 미국 남북전쟁 당시 노예제를 옹호하던 남부 연합군이 사용하던 것으로 오늘날 백인 우월주의와 인종 차별을 상징한다.

이런, 오시는 소리를 못 들었네요
퀸 스위트룸에서 주무세요
집 구경은 지금 하시겠어요?
아, 아뇨 괜찮아요
(강한 유황냄새)
그러면 이곳에 관한 비디오를 보실래요?
아, 아뇨 아뇨 괜찮아요
올라가 보시면 마치 천국에 온 것 같을 걸요

(다른 손님
없음)
스스스해!

*비욘세의 노래 〈Formation (포메이션)〉 중 한 구절.

DAY 57 5/12

로스우드에서 포트 깁슨까지 - 26킬로미터

끼이익!
이걸 미스 진에게 드려요.
미스 진은 어때요?
난 가야겠어요.
미스 진 괜찮아요?
내가 들렀다고 전해줘요.
대체 무슨 말씀이세요?
그 얘기 못 들었어요?
하이랜더 대령님이 그저께 돌아가셨어요
두 분은 거의 백 년 동안 부부셨는데.

남편분 이야기 들었어요, 속상하셨죠.
네… 고마워요
아, 부고란

그이— 그이는 참 좋은 사람이었지요

비디오 보러 오실래요?

오세요… 미시시피로!

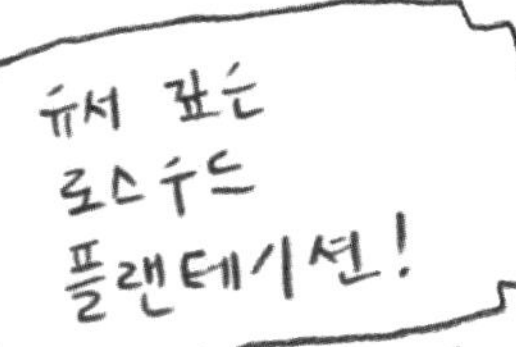
유서 깊은 로즈우드 플랜테이션!
(VHS, 80년대 혹은 90년대 초반)
진과 내가 이 건물을 샀을 때는 정말 엉망이었죠

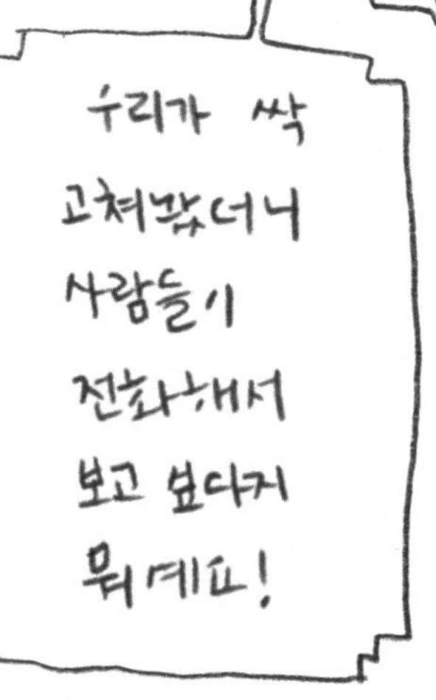
우리가 싹 고쳐놨더니 사람들이 전화해서 보고 싶다지 뭐예요!

헐튼 하이랜더 대령

뭐, 우리는 손님 대접하는 걸 좋아하는 사람이라
헐튼은 정말 인물이 훤했지요

저건 남편 초상화랍니다, 젊었을 때지
이건 우리 결혼식 사진이고
정원에서 이 포탄을 발견했습니다
저 장롱은 수제품이 세 개예요
여기가 안방입니다
헬트가 처음 뇌졸중으 쓰러지면서 저 발판을 부수고 말았거요

그이는 오랫동안 아팠답니다
살아있었으면 6월에 아흔 셈인데
딱 한 달만 더 버텼다면
내가 일찌감치 수혈하자고 고집을 부렸으면 한 달이라도 더 버틸 수 있었을 거라는 생각이 들어요, 내가 그러기만 했으면 —

그녀는 정말
강하고 용감했어요
조종사였는데,
항상 가파른 지붕 너머로
잘도 날아다녔어요
죽음도 두려워하지
않았답니다
심장 박동이 느려지기
시작하더니, 더, 그리고
더 느려졌죠.

내가 말했거든요
"사랑해요" 라고
그랬더니 남편
혀가 이렇게
움직였어요
"사랑해요" 라고
말하려는 것처럼

그이 심장은 더 느려지고, 느려지다가, 결국 멈췄지요
딸이 그러더군요, 아버지가 완벽하게 착륙했다고.
다정하신 분이네요.
내가 괜히 울려서 미안해요.

다섯 시간 후면
남편이 내 곁으로
와줄 것이다

어제 전쟁과 평화를
다 읽었다,
이제 미들마치를
읽는다

I'm lovin' it

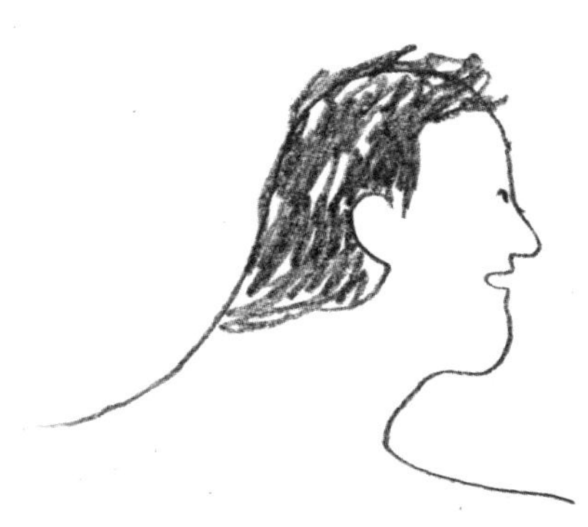

DAY 58 5/13

미시시피주 잭슨에서 조지아주 새선스까지 – 724킬로미터

주간고속도로
주유소 뒷편
숲속에서
새끼 고양이를
만났다
야오오오오오오!
이 이야기에는
썩 어울리지 않는
결말이지만
이게 사실인걸.

고마워요

내게 자전거
타는 법을
가르쳐준
아빠

혼자서 자전거 타고
유럽을 여행했던
케이트

조지아에서 오리건까지
홀로 자전거 여행을 한
로라

나를 여행에
데려가 준
매기 ♀ 레이시

'자전거 수리하는
여자들의 밤'을
개최해준 서맨다
♀로런

내게 너무나도
다정했던 존과
브라이언과 게일
그리고
이 여행 동안
내게 친절을
베풀어준
모든 분들
지금껏 내 모든
자전거를 조립해준
아빠에게,
또 한 번 감사를

엄마

남편

잠자리에서
일어나
세상
여기저기를
누빈다

투명한 유리창
같은 마음

그리고
이렇게나
찬란한
세상.

비할 데 없이 훌륭한 애니 코야마와
코야마 프레스에 계신 모든 멋진 분들께
감사의 인사를 전합니다

미국 이민자·난민 권리 네트워크(The National Network for Immigrant and Refugee Rights) & 인간 권리 연합(Coalición de Derechos Humanos)은 미국에 있는 이민자를 위해 활동하는 여러 단체 중 두 곳이다.
두 단체의 웹 사이트를 통해 직접 활동에 참여하거나 후원할 수 있다.
nnirr.org & derechoshumanosaz.org

자전거 여행에 관심이 있다면,
웹 사이트 '크레이지 가이 온 어 바이크(crazyguyonabike.com)'과 '어드벤처 사이클링(adventurecycling.org)'에서 정보를 잔뜩 얻을 수 있다.
어드벤처 사이클링에서 파는 훌륭한 지도에는 (비교적) 안전한 경로가 표시되어 있고, 야영지와 자전거 친화적인 캠핑카 주차장, 음식과 식수를 얻을 수 있는 곳 등이 적혀있다.
나도 엘파소에서 브래킷빌까지, 그리고 오스틴에서 데리더까지는 그 지도에 나오는 서던 티어 루트를 따라 이동했다.

자전거를 타고 먼 거리를 이동하는 일은 우리 생각보다 쉽다. 그래도 몸에 큰 무리가 가는 것은 사실이다. 나는 이 여행 전에도 일주일 정도의 자전거 여행을 여러 번 했었고, 정기적으로 30킬로미터씩 자전거를 탔다. 하지만 갑자기 매일 80킬로미터씩, 몇 주 동안 달리려니 부담이 컸다. 여행을 떠나기 전 꼭 훈련하기를 바란다.
그리고 무릎이 약하다면 무릎 강화 운동을 추천한다!
내 실수를 통해 배울 수 있기를!

♡엘리너로부터
2016년 7월

오늘도 아무 생각 없이 페달을 밟습니다

초판 1쇄 인쇄일 2020년 6월 19일
초판 1쇄 발행일 2020년 6월 29일
글·그림 엘리너 데이비스
손글씨 김민희
옮긴이 임슬애
펴낸이 김석원
펴낸곳 도서출판 밝은세상
출판등록 1990. 10. 5. (제 10-427호)
주소 (10881) 경기도 파주시 문발로 119, 202호
전화 031-955-8101
팩스 031-955-8110
메일 wsesang@hanmail.net
블로그 blog.naver.com/balgunsesang8101
인스타그램 www.instagram.com/wsesang
ISBN 978-89-8437-403-4 03840
값 13,500원